Café com prosa

OLAVO ROMANO

Café com prosa

CARAVANA
Belo Horizonte · 2022

Coordenação editorial: Leonardo Costaneto
Revisão: Caravana Grupo Editorial
Foto da capa: fogão a lenha, Capão dos Moreira, Serra do Cipó, por Leonardo Costaneto
Capa e editoração eletrônica: Farrel Kautely

caravanagrupoeditorial.com.br
caravanagrupoeditorial@gmail.com
Fone: 55 31 98636 2077
facebook.com/caravanagrupoeditorial
@caravanagrupoeditorial

Catalogação na Publicação (CIP)

Romano, Olavo, 1938-
R759 Café com prosa / Olavo Romano. – Belo Horizonte : Caravana, 2021.
34 p.

ISBN 978-65-87260-34-1

1. Ficção brasileira - Contos I. Título

CDD: B869.35

Bibliotecária responsável: Cleide A. Fernandes CRB6/2334

ETA EGUINHA BOA!

Tio Sebastião chegou da Serra, quatro léguas batidas. Desarreou Princesa, jogou-lhe água no lombo, que ela sacudiu com prazer. Botou milho no cocho, passou a raspadeira e tirou o cabresto. Enquanto a égua se refestelava rolando no curral, colocou o enxergão pra secar, guardou o resto da arreata e foi caminhando em direção à porta da cozinha. Antes lavou as mãos, molhou o rosto e os braços na água fria da bica.

Tia Maria batia uma abobrinha, para afogar dali a pouco. Era de ver a esperteza dela, a faca indo e vindo na maior rapidez.

Ele foi entrando e cumprimentando, palavras poucas, mas jeito amigo:

— Oi, Maria.

— Oi — respondeu ela, levantando as vistas sem parar com o serviço.

— Tudo bem por aqui?

— Tudo. E por lá?

— Sem novidade.

— Comadre tá boa?

— Mesma coisa. A irisipela, como sempre, coçando muito.

— E o compadre?

— Arrumou uma diversão: consertando porteira e trocando régua do curral. Diz que passa o dia entretido com isso. É até bom pra ele, não tem sofrimento de ficar quieto.

— Ou sair por aí andando à toa, disse ela, caçoando.

— Ô, Maria. Bem que ocê podia esquentar uma água pra mim. Tô precisando de um bom banho, trocar essa roupa suada. Eta calorzinho danado!

Ela deixou a cuia com a abobrinha e a faca em cima da mesa. Pôs o tacho d’água numa trempe vazia e atiçou o fogo.

Tio Sebastião pegou uma canequinha esmaltada, encheu de café e foi bebendo devagar, um pé apoiado no rabo do fogão.

Outra vez picando abobrinha, ela perguntou:

— E a viagem? Alguma novidade?

— Correu bem. Novidade, teve uma. Quase vendi a Princesa.

— Não acredito. Só se fosse por muito dinheiro.

— Seis conto.

— Seis conto numa égua? Santo Deus! É dinheiro demais... Qual é o doido que te fez essa proposta?

— Vou te contar. Viagem grande, a gente sozinho. Olha uma criação, escuta o vento na folhagem, vê um passarinho voando, acompanha o movimento das nuvens. Quando é fé, o cristão já nem dá conta de nada. Vai sendo levado, anda um pedação sem ver. A Princesa só indo, boa de boca, aquela marcha macia, mansa de poder passar debaixo. Fora o porte, que é difícil de encontrar: cabeça em pé, orelha sempre levantada, tala do pescoço bem formada, aquele pelo liso, sedoso.

— E o negócio?

— Pois é. Sentindo aquele galeio gostoso, aquela maciota, eu pensei: se não tivesse a Princesa, se precisasse de um animal de sela de toda confiança e alguém aparecesse querendo vender a égua pra mim, eu era bem capaz de oferecer seis conto...

COMO A GENTE NEGOCEIA

Negócio? Negócio é negaça, moço! Ladineza. Paciência e esperteza. Melhor negoceia quem mais negaceia. Cada um lendo o pensamento do outro, adivinhando os gestos mais pequenos. Os dois sabendo o justo valor da mercadoria, o vendedor aponta vantagens e sobe o preço, o comprador, desvalorizando, põe dúvida, acha defeito. No fim sobra uma diferença, de valor quase nenhum, que ninguém quer tirar. Desculpa só pra render a catira, ver qual é mais esperto, mais manhoso. Já vi gente gastar uma tarde de domingo trocando cinto velho por caco de canivete. O negócio só fechou depois, ficou a tal diferença que não havia meio de resolver.

Seu Daniel, antigo boiadeiro das bandas de Carandaí, era mestre nesses rodeios. Sentado aqui no alpendre, o curral cheio de gado, ele perguntou, olhando lá pra longe:

— Cajuca, ocê por um acaso já foi no Carandaí?

— Não, sô Daniel. Fui até Dores, Prados, por ali. Em Carandaí, mesmo, não cheguei a ir não senhor.

— E a Capela do Livramento, ocê nunca viu falar?

— Capela do Livramento? Onde fica?

— Retirado pouco mais de uma légua do Carandaí. Bem dentro da fazenda do Nico Borge, assim, num alto. Nunca escutou falar dele não?

— Não, sô Daniel, não conheço aqueles lados não.

— E o Tonico Macedo, ocê não conhece também não?

— De onde ele é?

— Mora ali mesmo, agarradinho na Capela do Livramento.

— Também não.

— Pois carecia conhecer. Eta home danado num negócio, aquele Tonico!

Contou, então, as espertezas do boiadeiro, de como

tinha conseguido enganar até uma ciganada que acampou perto da fazenda dele. Percebendo onde pretendia chegar, Cajuca deu o troco, falando manso, como quem não quer nada:

— Pois é, sô Daniel. Tá certo que tem gente perigosa pra negócio. Mas de mim não precisa ter cisma não. Zelo do meu nome, o senhor é homem de respeito. Além do mais, com sua experiência no ramo, mesmo que eu quisesse, era criancice pensar em lhe passar a perna.

O bom do negócio é isso. E é assim o tempo todo, desde a chegada do comprador. Tem gente que desarreia o cavalo, solta no pastinho. É boiadeiro do tipo lerdo, fica remanchando. Já outro usa dar parte de apressado, diz que tem mais gado pra ver, amarra o cavalo no esteio, com muito custo bota no barracão pra livrar do sol. É uma esperteza. A gente nunca pode afobar. Oferece café com quitanda, mostra os porcos, a horta, o moinho, conforme o gosto do freguês. Sabino, por exemplo, era doido com jardim. Mas não dava o braço a torcer: o empregado é que saía catando muda e semente de tudo quanto era flor. Já o Tiago, o ponto fraco dele era bicho de terreiro. Passava horas entretido com a barbela do peru, ficava que nem criança, escutando os gritos do pavão, perdia um tempo enorme esperando ele abrir roda. E eu lá, fingindo que apreciava. O Jorge bebia café na cozinha, se era tempo de lima-de-bico, chupava uma, logo voltava pro curral. Danado, o Jorge! Vou te contar um caso dele.

A primeira dificuldade era acertar o lote, a gente querendo empurrar uma rês mais fraca, ele reclamando que assim não dava, só se baixasse muito o preço. Depreciava o gado: descobria vaca de peito perdido, novilha sentida, bezerro com frieira, arrasava. A gente retrucava, apontando a cabeceira, falando do tipo bonito de alguma vaca, oito litros sem espuma, as muitas arrobas do gado de corte, o pelo liso das novilhas.

Aquele dia, na hora de discutir o preço, chamaram pro almoço. A patroa caprichou. Mesa farta, pra evitar ideia de aperto, de mau passadio: carne de muitas qualidades, variedade de verdura, sobremesa de todo tipo. O boiadeiro contava novidades, casos da região dele, era como se fosse uma visita.

Barriga cheia, um cafezinho pra boca de pito, a gente veio jiboiar no alpendre. Conversa remanchada, o gado no curral, começou a beliscar a catira:

— Esse preço, comé? – perguntou Jorge.

— É aquele mesmo, gadão de primeira!

— Danado de salgado. Assim não dá negócio não.

—A gente pode discutir. Mas a sua proposta...

— Que que tem?

— ... não dá nem pra começo de conversa. Enjeitei mais no mês passado.

— Posso até chegar alguma coisa, dependendo do prazo.

— Prazo não é questão. Graças a Deus, não ando com a corda no pescoço.

— Quanto foi que ocê pediu mesmo? Nem tô lembrando direito. Foi dez?

— Dez? Dez mil? Aquela cachacinha do almoço te fez mal, hein?

— Quanto foi, então?

— Pedi foi doze. Dez tá é aí na sua cabeça pra oferecer.

— Que que é isso, home? Ofereci foi oito.

— Não dá nem pra começo de conversa, já te falei.

— É. Mas pra subir o preço tem de mexer no lote. Tirar o restolho.

— Depende. Conforme o tanto que bulir, o preço é outro.

Depois de muita peleja, a gente acertou o lote e chegou num acordo sobre o prazo do pagamento. Ficou a diferença de preço: caí de doze pra onze, ele chegou a dez, aí ninguém aluiu mais. Quando viu que eu não fazia nem um agradozinho, falou:

— Esse gado tá é danado de salgado, sô!

Respondi, mudando o tempero:

— Salgado coisa nenhuma! Uma doçura, isso é que ele é...

— Rachamo a diferença, eu chego quinhentos, ocê tira quinhentos? É minha última proposta.

— Não dá pra tirar. Meu preço também é o último. Quando a coisa empacou, convidei o Jorge pra pousar, o sol já ia baixo. Ele alegou pressa, agradeceu. Propôs, outra vez, rachar a diferença, respondi que não dava. Escorei. Foi lá dentro, bebeu mais café, despediu da patroa, agradeceu. Despediu de mim, montou no cavalo, foi saindo. Na hora de trancar a porteira, começou a enlear, ficou toda vida. De rabo de olho nele, eu fingia distração, tirava umas folhas caídas no cocho. Pensei, cá comigo: esse camarada tá é doido pra ficar com o gado, agora mesmo grita "Lá se avenha" e leva pelo meu preço. Mas o que ele falou foi outra coisa:

— Cajuca! Gostei da mercadoria, o preço é que não me serve. Se quiser a dez conto por cabeça, grita antes d'eu dobrar na Estiva, volto pra buscar.

Respondi:

— O mesmo digo eu. Se te interessar, sustento meu preço: onze mil.

— Se ele voltou? Vai escutando. Mal saiu, fiquei matutando: com essa crise de dinheiro, um conto a mais, um conto a menos não ia me quebrar. Era gado entregue e dinheiro garantido. O Jorge não falhava. Acabou de sumir, fui atrás. Naquele morrinho ali adiante, bem onde passa o rego d'água com uma ponte em cima, dei de testa com ele, que vinha voltando.

— O gado é meu a dez, te peguei indo me entregar

– falou.

— Não senhor. Meu preço é onze, não tem diferença.

— Mas tava indo me entregar. Então eu ganho a vantagem, é a regra.

— E quem falou em entregar?

— Pois não ia dobrando o morro?

— De jeito nenhum. Engano seu. Quem voltou foi você!

— Então, o que que veio fazer aqui?

— Vim só pra cortar a água do moinho. Já que te encontrei voltando, sustento minha palavra: o gado é seu por onze conto a cabeça. E não vai cair no mato!

Até hoje o Jorge fala que ficou com aquele rego d'água atravessado na garganta.

Mas esse jeito de negociar quase não existe mais. Todo mundo agora anda de carro, numa zoeira, uma correria sem arrumação. O povo ganha dinheiro na cidade, vira fazendeiro da noite pro dia, perdeu a graça. Faz pouco mais de um mês, avistei um automóvel apontando no alto. Meio ressabiado, fui ver. Desceu um estranho, novo ainda, espevitadozinho:

— O senhor é o Cajuca?

— Seu criado, às suas ordens. Em que posso lhe servir?

— Soube que o senhor tem uma novilhada pra vender.

— Ainda que mal pergunte, o senhor tem fazenda na região?

— Comprei na Forquilha, logo depois da Invernada...

— Sou nascido e criado por aqui, já andei aí tudo. Conheço aquilo como a palma da mão.

— Pois é. Comprei, andei arrumando o pasto, dei uma mexida na sede, no curral, pretendo começar a tirar leite agora no início das águas.

— O senhor quer só novilha?

— Só. De preferência bem chegadinha, pra dar cria logo. Ou pelo menos enxertada, abrindo mojo. Saiu o empréstimo no Banco do Brasil, preciso dar produção logo. Vendi um terreno na cidade, pra não ficar apertado no banco. Com essa inflação o dinheiro perde o valor muito depressa, não posso deixar parado.

— Quantas, mais ou menos, o senhor interessa apanhar?

— Umas cinquenta.

— Vou mandar buscar. Vamos chegar, tomar um café.

— Obrigado. Tô bem aqui.

Já comecei a desgostar do tipo. Apressadinho, consultou o relógio de pulso e falou: — "Me desculpe, mas meu tempo é curto. Se não combinar com o senhor, ainda tenho que andar mais. Até amanhã, sem falta, quero resolver esta questão."

Gritei o pessoal pra juntar o gado, mandei ir em pelo mesmo. O moço quase morria de pressa. Meia hora depois o curral estrelava de novilha cruzada, mais de cem. O sujeito foi escolhendo depressa, separando, logo formou o lote. Aí perguntou:

— Qual é o preço, sô Cajuca?

— É trinta conto a cabeça.

— E a condição de pagamento?

— Trinta conto é no cobre, à vista.

— Quer dizer que cinquenta novilhas a trinta contos dão um milhão e quinhentos. É isso mesmo?

— Isso mesmo.

O tal sujeitinho tirou o talão de cheque, pegou uma canetinha dourada e falou, na maior decisão:

— Eu fico com suas novilhas.

Estranhando aquele repente, tentei conferir:

— A trinta conto e na bucha?

— Isso mesmo. Não foi como o senhor pediu?

— Foi, mas...

Calei. Minha boca secou. Na hora, perdi o governo. Pigarreei. Passei a mão na testa, escorria um suor esquisito. Quando consegui falar, quem assustou foi o comprador. Controlando, a voz saindo devagar, eu disse:

— Moço: o que eu pedi foi isto mesmo. Só tem uma coisa, não sei se o amigo vai me entender. Sou homem de palavra, me contraria demais ter de lhe falar assim. Mas não existe outro jeito. O seguinte é este: negócio com o senhor não posso fazer.

— Me desculpe, quer dizer que vai roer a corda, correr cotia?

— Não quero lhe ofender, nem admito que me ofenda. Dá pra ver logo que o doutor é moço da cidade, sem traquejo pra negócio.

— Mas qual é o problema, se eu aceitei a sua proposta?

— Meu filho: eu custei muito a juntar um lote ajeitado como esse, o tempo todo pensando na hora de vender. Entende?

— Acho que não. Indiferente do negócio, o senhor podia explicar melhor.

— Vou lhe ensinar, vejo que não sabe mesmo. O bom do negócio não é só dinheiro, que a gente ganha e logo gasta. Nem prazo. Trinta dias a mais, trinta dias a menos, não vai acabar com a vida de ninguém. Já não tenho negócio é por causa de outro motivo, que é mais importante.

— E qual é o motivo?

— O bom do negócio é a relagem. Agora, o senhor ir chegando e fechando na hora, assim não tem graça nenhuma. A gente ainda não relou nada...

ZICA DO BAMBU

De onde tinha vindo, ninguém sabia. Uns diziam que havia sido bailarina e largou o circo por causa de um fazendeiro cheio dos cobres. Para outros, desgostou do marido, resolveu sair de casa. Os mais velhos contavam o caso da mocinha abandonada por uns ciganos que apareceram vendendo tacho, trocando cavalo e lendo sorte.

O certo é que vivia na cidade há mais de cinquenta anos. Morava sozinha numa casa grande, perto de uma enorme moita de bambu. Daí o apelido: Zica do bambu.

Já beirando os setenta, dava ainda para notar sinais de antiga beleza e finura. Na parede, retratos amarelados aumentavam o mistério em torno dela.

De seus bordados, finos e disputados, tirava o sustento. Mal dava conta das encomendas, ultimamente andava até recusando serviço. As noivas da redondeza queriam, todas, ter o enxoval feito por Dona Zica.

Mas nem só as noivas frequentavam sua casa. A horas mortas, sisudos senhores rondavam-lhe a porta, na esperança de serem convidados. A maioria acabava desistindo. Pouquíssimos eram os privilegiados a terem acesso aos seus carinhos.

Contam que, uma ocasião, senhoras do lugar resolveram expulsá-la da cidade. O padre soube a tempo e abortou a iniciativa, garantindo que Zica era mais honesta do que a maioria das que a queriam ver pelas costas. Desde então, as esposas dos eleitos tiveram de engolir em seco o seu ressentimento.

Uma noite, enquanto trabalhava, chamaram-lhe à porta. Ela abre. Dá com um rapagote louro, rosto largo, forte e simpático. Convida:

— Entra, meu filho. Vamos chegar.

Tímido, ele responde:

— Obrigado. Vim só buscar o enxoval da minha irmã.

— Quem é sua irmã?

— A Alice.

A velha olha o rapaz atentamente. Repara bem, depois fala:

— Então você é o irmão da Alice.

— Sou, sim, senhora – confirma ele, olhando para o chão.

— Uma bela noiva, ela vai ser; muito bonita mesmo. Puxou o pai. Entra, meu filho. Falta só arrematar uma bainha.

Inseguro, ele fala.

— Quem sabe eu volto amanhã. Já é tarde, a senhora deve estar cansada.

Com um jeito bondoso, mas firme, ela diz:

— Num instante eu termino. Este vento de maio faz mal pra saúde. Entra que eu vou fechar a porta.

Encabulado, o rapaz obedece. Ela empurra a porta, passa a tramela. Senta, pega a caixa de costura, recomeça a trabalhar. Ele olha as ramagens coloridas, as formas que ela havia acabado de bordar, a vida nascendo na monotonia do branco. Zica puxa conversa:

— Está com muita pressa?

— Pressa, não. Só preocupado com a senhora. Já é muito tarde...

— Bobagem. Agora mesmo eu termino.

Ele não dizia nada. Ela fica em silêncio, reparando nele. Depois pergunta:

— Como é seu nome?

— Duílio.

Ela sorri, ternamente. Então comenta:

— O mesmo nome do avô, não é?

— É, sim, senhora.

— Conheceu o velho Duílio Lombardi?

— Não, senhora. Quando ele morreu, eu tinha pouco

mais de um ano, acho.

— Tem razão.

— A senhora conheceu.

— Demais. Um homem e tanto. Bonitão, o seu avô...

— Eram amigos?

— Muito. Veio também de fora. Era estrangeiro. Um gambá cheira o outro, como diziam os antigos.

Os dedos dela, ágeis, são pernas de aranha passeando na beira da toalha. Depois de uma pausa, pergunta:

— Quantos anos você tem, Duílio?

— Quase dezessete. Completo mês que vem.

Zica repara longamente o moço. Quase nem pisca. Parece distante, noutro tempo, quem sabe noutro lugar. Então pergunta, num tom distraído:

— Você conhece mulher, Duílio?

— Não, senhora – responde, morto de vergonha.

Ela dá mais alguns pontos, termina a bainha. É a conta de se refazer um pouco. Então diz:

— Pois hoje vai conhecer.

Mudo de espanto o rapaz nem abre a boca.

Ela olha para ele, encantada. E é com voz de encantamento que conta:

— Gostava muito do seu avô, volta e meia vinha aqui. A gente era jovem, nos amamos demais. Seu pai podia ter a sua idade quando apareceu a primeira vez. Até hoje ainda vem, de vez em quando... Olhando assim pra você, é mesma coisa de ver seu pai, em rapazinho.

E conclui, definitiva:

— E você acha, Duílio, que eu posso deixar de conhecer a terceira geração dos Lombardi?

Naquela noite fria de maio, Duílio se sentiu homem pela primeira vez. E Zica, beirando os setenta, virou moça de novo no calor e nas explosões do amor.

O CANÁRIO CANTADOR

Um sujeito, passando pela rua, ouviu um passarinho cantar. Parou em frente à casa. Apreciador do canto dos pássaros, logo notou que era canário de primeira. Escutando, prestando atenção, quando percebeu já tinha cruzado um jardim e atravessado o corredor. Chegou a um pátio interno e viu a gaiola onde ficava o cantor. Mudo, noutra gaiola, um segundo canário.

De tão entretido não percebeu a chegada do dono da casa. Assustado e com vergonha, pediu desculpa por estar invadindo assim sua propriedade. O homem disse que estava acostumado, de vez em quando alguém não resistia e acabava entrando. Havia um menino que vinha todo dia e esquecia do mundo, ouvindo o canário cantar. Já nem pedia licença, ia entrando direto.

O estranho perguntou, decidido:

— Quanto o senhor quer pelo canário?

— Prefiro não vender. Não gosto de problemas.

— Que problemas? Eu pago o que o senhor quiser.

Contrariando as regras do regateio mineiro, acrescentou:

— Pago o preço que o senhor pedir. Qualquer preço!

O dono indagou:

— E qual dos dois o senhor escolhe?

Admirado com a pergunta, o comprador informou:

— O que canta, é claro! Pois se o outro nem abre o bico?!

— Posso até lhe vender o canário, mas vou avisando: não aceito reclamação.

— Por que eu haveria de reclamar? – perguntou o candidato, sem desviar sua atenção do canário cantador.

— Não sei não, mas acho que vai arrepender.

O estranho não queria saber de conversa. Só do passarinho. Perguntou o preço, pagou, era um dinheirão. Saiu todo satisfeito, o canário cantando pela rua, todo mundo parava para escutar.

Chegando em casa, chamou os amigos. Logo, o povo juntava na porta, alguns entravam, como ele mesmo tinha feito. Todo orgulhoso, passava o tempo todo encantado com aquela cantiga tão bonita.

Mas, como diz o ditado, o que é bom dura pouco. O canário, que antes cantava dia e noite, começou a cantar só de dia. Depois, só de manhã. Em seguida, só um pouquinho, dia amanhecendo, junto com os passarinhos da rua. Não demorou muito, estava completamente mudo. O dono, é claro, ficou na maior tristeza.

Um dia, lembrando o aviso do antigo proprietário, resolveu procurá-lo.

— O senhor por aqui? Não deve ter esquecido nosso trato.

— Não vim reclamar. Só quero um esclarecimento.

— Qual?

— Quando comprei o canário o senhor sabia que eu ia acabar arrependendo. Por quê?

— Eu bem que avisei, não foi?

— Avisou! Não vim reclamar, já disse. Só quero saber.

O homem, então, indagou:

— O senhor preferiu o cantor, não foi?

— Foi. E daí?

— Aí, que o outro, o mudo, é que é o compositor.

O TREM

Tertuliano e Severino encontraram na estação. Vizinhos na Vargem Bonita, iam pegar o trem das quatro e meia. Com duas horas de viagem, chegavam em casa na boca da noite. Por seguro, sabe como é horário de trem, resolveram consultar. Ia atrasar duas horas.

Tertuliano chamou Severino pra comer alguma coisa, tinha passado o dia zanzando, agora sentia um vazio na barriga. Entraram no bar do outro lado da praça, ficaram um tempo olhando a vitrine em cima do balcão. Antes de decidirem, sentiram cheiro de pastel fritando. Pediram um pastel de queijo e uma cerveja.

Sentaram. O moço trouxe a cerveja, serviu. Tertuliano provou e disse:

— Eta trem danado de gelado, sô!

— É de-vera, apoiou o companheiro.

Daí a pouco, chega o prato de pastel. Severino prova e diz, entusiasmado:

— Trem gostoso é pastel quentinho...

— Bão demais.

Um olha pra fora, repara a nuvem escura, o tempo fechando:

— Olhaí, sô, o trem tá escurecendo, capaz de chover ainda hoje.

— Tá carecendo, não tá?

Terminado o pastel, pedem umas almôndegas, das tais que estavam na vitrine. Tertuliano dá uma mordida e repara:

— Já viu trem mais pimentado?

— Difícil, né?

Acabam de comer, terminam de beber a cerveja. Resolvem fazer um cigarro de palha. Tirando uma fumaça, Severino fala, de boca boa:

— Trem mais cheiroso esse fuminho seu!

— É, esse é especial. Só pra dia de mais cortesia.

Enquanto fumam, reparam na mocinha que passa. Nova, bonita, chama a atenção dos dois.

— Ô trenzinho, hein, sô!

— Trenzinho mais ajeitado, né?

Não demora, passa outra, desta vez mais erada. Cheia de corpo, alta, vistosa, sacudida.

Os homens não resistem.

— Eta trenzão, meu Deus do céu!

— Bota trenzão nisso, rapaz.

Chega, finalmente, a hora de sair. Pagam a conta e seguem pela praça. Olhando o jardim, os canteiros floridos, Severino diz:

— Trem bonito, hein? Mariana haverá de gostar. É doida com flor.

Sentam num banco, fazem hora. Daí a pouco Tertuliano propõe:

— Vamo sair daqui, Severino?

— Mas tá tão bonito...

Ele responde, apontando para um monte de lixo:

— É, mas com esse trem fedendo assim tá danado.

Levantam, dão umas voltas, olham o relógio da estação. Severino propõe:

— Vamo chegando, sô! O trem tá ficando apertado!

Na estação, não demora muito e o pessoal começa a se movimentar.

Daí a pouco, o barulho, os trilhos trepidando. Logo o apito comprido, repetido.

Tertuliano olha o companheiro e diz:

— Óia lá, Severino! Óia lá! Envém ele!

Severino põe sentido, fica reparando, calado. Depois, de olho na saída da curva, a fumaça já pertinho, concorda:

— É, sô, lá vem o bichão!

ORGULHO DE MÃE

Desde criança, Teodorico já trazia aquele ar espevitado. Se perguntavam o que ia ser depois de grande, sempre respondia:

— Vou ser rico, uai!

E explicava:

— Quero ajudar o pai e a mãe. Pro pai, compro um caminhão novo; pra mãe, dou o que ela quiser.

Dona Domitila escutava, se retorcia toda de achar bom. Tinha o maior xodó com o Dorico. Os outros irmãos, mais as meninas, volta e meia reclamavam. Ela desconversava:

— Bobagem, gente. Então não sabem que uma mãe é pra cem filhos, um filho não é pra uma só mãe?

O ciúme passava, os filhos esqueciam.

Dorico metia os peitos em tudo quanto era serviço, qualquer coisa que desse dinheiro: uma hora como capataz, ajudando a levar sal pro gado na invernada; outra, engraxava sapato no Sulico, uma vez tinha até derramado a lata de tinta grossa, ficou no maior susto só de pensar em pagar, não havia sapato engraxado que desse (a sorte é que ele não cobrou). Tirou muita formiga, quer dizer, ajudava o Benjamim. Passava o dia tocando a manivela da máquina, o Bejo cuidando do fogo, trazendo mais pedaço de pneu, renovando o arsênico, socando os olhos dos formigueiros onde ficasse saindo fumaça.

Já mais taludo, achou que trabalhar pros outros não dava camisa a ninguém. Aprendeu a cortar cabelo, treinou bem de navalha, fazia barba com bastante segurança. Mas a maioria do povo cortava cabelo e fazia barba em casa, aquilo não era profissão de futuro. Sem desistir da barbearia, virou também alfaiate. Uma coisa ajudava a outra, tocava as duas. Mas o sonho de ficar rico não ia embora. O atalho mais rápido era o jogo, pensou. Foi quando apareceram com o bicho. Aí, vivia com a cabeça completamente no ar. Sua mãe brincava:

— É bom amarrar uma pedra no pé, meu filho, senão ocê avoa...

Ele ria e continuava olhando as nuvens, vendo as figuras se formando, os bichos aparecendo e desaparecendo no galope delas pelo céu azul de julho. Vinha aquela agonia danada: será que é carneiro ou cachorro? Por via das dúvidas, jogava nos dois. Dava burro.

Uma ocasião, ficou muito influído foi com loteria. Encomendava bilhete inteiro pelo reembolso; de São João e de Natal, então, não perdia de jeito nenhum. Mas nunca chegou a ganhar coisa que prestasse: quando muito o final, alguma aproximaçãozinha. A mãe, sempre torcendo:

— Esse menino, nunca vi coisa assim. Um dia ainda há de ficar rico, seja pelo trabalho, seja por obra da sorte. Deus há de ajudar, tenho fé.

Teodorico não desanimava. Mas ficou achando que em lugar pequeno, como Santana dos Coqueiros, era difícil romper. Vivia falando que o progresso concentrava era mesmo na cidade grande. O interior pode ser muito gostoso, aquela vidinha pacata, não exigia quase nada, mas quase ninguém ia pra frente.

O povo achou que Dorico andava maniado. Não podia aparecer alguém de fora, fosse soldado do destacamento, viajante, representante comercial, chofer de caminhão, ele dava um jeitinho, ia rabeando, fazia conhecimento, começava a especular. Tirava informação sobre tudo quanto era lugar, o meio de vida de lá, se corria muito dinheiro, o que que rendia mais. Um dia ele vendeu a alfaiataria, alugou o salão de barbeiro; botou os cobres no bolso, pediu a benção dos pais, despediu dos parentes e campou pra Capital. A mãe falou que ele ia explorar um negócio lá, tomara que desse certo, era o que ela mais queria.

Desceu na Rodoviária, veio chegando um homem humilde, mal vestido, de cara triste, mas com jeito prestativo. Puxou conversa, assuntou, convidou Dorico pra beber um café. Falou de quando resolveu sair de sua cidadezinha, tentar a vida fora. Até que ia indo bem, tinha esperança de romper, mas a mãe estava mal no interior, tinha de pegar o último ônibus. Dependendo talvez nem voltasse mais. Olhou o Dorico como se quisesse contar um segredo. Depois, ganhando coragem, disse:

— Ocê pode não acreditar, mas simpatizei com cê, questão de anjo da guarda combinar. Vou viajar agora mesmo, tinha de resolver um negócio importante...

— Que que é?

— Ganhei na loteria, uma bolada grande, não vou ter tempo de receber, esse negócio da velha doente, sabe como é que é...

Foram até um cambista, logo adiante, conferiram o bilhete: estava premiado com duzentos contos, primeiro prêmio. Com um jeito afobado, o homem falou:

— Meu ônibus sai agorinha mesmo. Reparto com cê o lucro. Quanto cê tem aí?

— Vinte e cinco conto.

— Vá lá. Não faço questão de muita coisa não. É como lá diz: uma mão lava a outra. Quem sabe algum dia cê ajuda alguém da minha família, algum amigo meu?

Dorico recebeu o bilhete, entregou o dinheiro. O homem agradeceu e sumiu. Quando o jornal chegou em Santana dos Coqueiros com a notícia, Dona Domitila pediu pra ver. Leram o título: "Otário cai no conto do bilhete". Leram e ficaram esperando a reação da velha. Ela pensou, calada, depois estufou o peito e falou, pra todo mundo escutar:

— Vejam só que coisa, gente: meu filho sempre trabalhou feito um burro, nunca conseguiu nada aqui. Agora, mal chegou lá fora, já é otário, com nome no jornal e tudo!

CONSOLO

Os mais pobres eram atendidos no posto. Além da consulta de graça, ainda saíam com algum remédio de amostra. Só aviavam parte da receita, na "Farmácia Nossa Senhora Aparecida". O expediente já estava quase no fim. Doutor Sebastião foi lá fora e viu chegando um casal da roça. Gente muito pobre, mal alimentada e, era capaz de apostar, cheia de cisma com comida: isto assim-assim é quente, o povo diz que aquilo é reimoso, tem muita mistura que mata na hora: manga com leite, por exemplo, é bater e valer. O médico despachou o cliente anterior, que se queixava de uma dor no peito respondendo na cacunda. Depois mandou entrar o casal de roceiros. Muito encabulados, ficaram em pé, o homem rodando o chapéu com as duas mãos; ela, esmirradinha, os olhos pregados no marido, vendo o que ele ia fazer. O convite do Doutor Sebastião resolve o impasse:

— Vamos sentar. Fiquem à vontade.

Sentam sem fazer barulho e permanecem em silêncio. O médico pergunta:

— Então, como vão as coisas?

— Remando. Como Deus é servido, responde ele.

— Qual é o problema?

— É ela, Doutor.

Virando-se para a mulher, o médico indaga:

— O que que a senhora sente?

O marido toma a dianteira:

— Ah, Doutor, a pobre anda numa patifaria que faz dó.

O médico insiste com a cliente:

— Então vamos ver. Como é mesmo o nome da senhora?

— É Domitila. Domitila Maria de Jesus.

— Muito bem. Idade?

A mulher, devagar, vai desembuchando: tem quase cinquenta anos, completa dentro de dois meses. Queixa de desânimo, falta de apetite, uma fraqueza na cabeça que não tem arrumação. Vira e mexe o marido entra no meio, dá seu palpite, diz que a patroa não está contando direito. Muito paciente, o médico mede a pressão, examina a língua, os olhos, a garganta. Manda a mulher deitar numa cama, apalpa tudo quanto é lado, pergunta mais uma porção de coisas, escuta, escuta. Por fim, senta de novo, pega papel e caneta e começa a escrever a receita. Acaba e diz, bem explicado, para os dois:

— Dona Domitila anda meio anêmica. O organismo, enfraquecido, precisa de um reforço para reagir. Receitei aqui um fortificante, toma de oito em oito horas, três vezes ao dia. Essas vitaminas também vão ajudar. E tem ainda as injeções. Alguém lá por perto faz injeção na veia?... Pois o senhor pede a esse compadre de vocês, aplica em dias alternados. Quer dizer, dia sim, dia não. Entenderam?

Disseram que sim, ele deu umas amostras, só a injeção é que não tinha, achavam na farmácia. Antes de levantar, o homem pergunta:

— Quanto lhe devo, Doutor?

— Não é nada não.

— E os remédios?

— Também são de graça.

— Então muito obrigado, Deus lhe pague.

A mulher emenda:

— E Nossa Senhora que há de proteger o senhor e toda sua família, dar vida, saúde e felicidade.

— Amém. Muito obrigado!

O médico ainda faz uma recomendação final:

— É bom reforçar a alimentação, comer bastante couve e, se puder, um fígado de boi de vez em quando. A senhora tolera bem o fígado? Com cebola, é muito gostoso.

O marido, uma vez mais, é quem responde:

— Quá o que, Doutor, danada de ruim de boca, coitada. Luxenta pra comer que só ela.

O médico insiste:

— Mas é importante forçar um pouco. Ajuda o efeito do remédio.

E avisa:

— Mais uma coisa, hein: dentro de uns três meses, terminando a receita, voltem de novo. Aí a gente dá outra olhada, muda algum medicamento, acompanha a situação.

O casal sai, muito agradecido e menos encabulado. Na farmácia, ele desata o lenço, conta o dinheiro e paga o que o caixeiro lhe cobra pela injeção. O rapaz explica que é na veia, o homem diz que o doutor já tinha falado, ele até já pensava no compadre para aplicar.

Quatro meses depois, o médico encontra na rua o marido de sua cliente. O homem cumprimenta:

— Dia, Doutor.

— Bom dia. Como vão as coisas?

— Tenteando: meia pedra, meio tijolo.

— O senhor sumiu, não apareceu com a patroa.

— É. Não deu jeito não, senhor.

— E como é que ela vai passando?

— Ah, Doutor, a pobre Domitila finou-se. Guentou não.

Doutor Sebastião dá os pêsames ao viúvo e depois pergunta, interessado:

— Mas ela tomou os remédios?

— Quase que a receita toda.

— E chegou a sarar?

— Sarar, mesmo, ela não sarou não, senhor...

Olha bem o médico e remata:

— ... mas morreu bem melhorzinha, Doutor!

A LUA

Na Caixa d'Água não tinha luz. Então, de noite, a gente vivia de olho no céu. Acompanhava o movimento das estrelas, sabia o nome de muitas delas. Sozinhas ou reunidas. O Cruzeiro do Sul, o sete-estrelo, as Três Marias, o caminho de São Tiago, a Estrela-d'Alva, de madrugada, anunciando o romper do dia. De acompanhar o Cruzeiro, por exemplo, a gente sabia que o céu virava, dava cambalhota.

A Lua regia a vida das pessoas. Pra tirar lenha, pescar, castrar gado e cachorro sem arruinar, influía em tudo. Na dureza ou no caruncho da madeira, amolecendo os dentes dos peixes, fazendo o gado mudar de cor, ficando com o pelo mais claro ou mais escuro. Minha mãe dizia que a Lua encantava as pessoas e tinha muito poder. Que tudo de ruim vinha dela. Almas penadas, vestidas de branco, assombrações, mula sem cabeça, tudo aparecia com a Lua. Menos o Saci, que é no ridimunho, de dia, formado pelo vento. Principalmente mês de agosto, tempo de cachorro doido.

— A Lua já foi mulher, garantia minha mãe, com ar misterioso.

Ela nascia atrás da capoeira, no fundo da Casa Velha, bem dentro da nossa horta. De tanto ficar vendo a Lua nascer, um dia tive uma ideia. Que criança, o que mais tem é ideia. Só que gente grande não tem paciência, nem fica sabendo da maioria delas. Mas eu, com meu pai e meu avô, podia inventar o que quisesse. Então, falei por meu pai:

— A Lua hoje vai ser grande e cheia, não vai?

— Vai, por quê?

— Tô pensando numa coisa. Catar um bambu, subir nessa árvore mais alta, nesse jacarandá...

— E aí?

— Quando ela passar no meio dos galhos ou perto do jacarandá, dou uma bambuzada e derrubo ela aqui no fundo da horta. Aí a gente pode chegar perto, examinar bem, vê se tem mesmo o São Jorge com o dragão... Ah, e o cavalo, né?

Meu pai não falou nada. De tardinha, depois da obrigação, pegou uma faca bem amolada, cortou um bambu dos grandes, limpou, deixou no jeito, encostado no jacarandá.

Na hora que o clarão ficou bem bonito atrás da capoeira, eu subi na árvore, bambu na mão, os dois na janela da cozinha tomando conta, vigiando.

— Põe sentido, que ela já vai apontar!, preveniu meu avô.

— Apontou! – avisou meu pai, alegre feito um menino.

Do alto do jacarandá, bambu na mão, pés bem firmes na forquilha, eu vi a Lua aparecendo. Quando ela acabou de apontar, coloquei o bambu na posição.

— Será que já pode? – perguntei.

— Pode. Concentra bem, vai com fé! – respondeu meu pai.

— Firma, apoia, pra não desequilibrar – aconselhou meu avô.

Enquanto experimentava uma primeira cutucada, quis saber:

— Aqui?

— É aí mesmo. Será que o bambu vai dar?

— Acho que vai! – respondi.

Chuchei, chuchei, com a maior força, com toda a fé, como mandou meu pai. Os dois, da janela da cozinha, ajudavam:

— Mais pra cima!

— Isso, força!

Eu lá, pelejando, eles ajudando. De repente me deu uma agonia danada. Eles me animavam, mas eu não sabia se estava conseguindo. Aí a Lua subiu, saiu do meu alcance. De tão chateado, desacorçoei de falar.

— E aí, valeu a pena? – perguntou vovô, quebrando o silêncio.

— Ah, acho que não deu, não.

— Deu, sim! – garantiu meu pai.

— Acompanhei tudo. Daqui a gente viu, direitinho! Você conseguiu, Zezito! – falou vovô, meio gritado, como se me desse os parabéns.

— Mas eu não senti nada... – respondi, duvidando.

— É porque ela é de fumaça, aí a gente não sente quando cutuca. Mas você pode ter certeza! – garantiu meu pai uma vez mais.

Ele falou e olhou pro meu avô, que sacudiu a cabeça e fez uma cara muito boa, muito feliz, confirmando.

Não sei por quê, lembrei da minha mãe, dizendo que a Lua era assombrada, não era coisa deste mundo...

Uma noite, tempos depois, eu estava com meu irmão quentando fogo no rabo do fogão. A janela da cozinha era agarrada no fogão. Meus pais estavam lá fora, no cômodo da frente, onde ficava a venda. Era tempo de frio, a gente começou a cochilar. Meio dormindo, meu irmão levantou a cabeça, olhou pra janela e gritou apavorado: "Mãe, acode! Uma cara, uma carona!" Virei o rosto e vi a cara maior e mais branca do mundo, assustei também.

Disparamos casa afora. Varamos o corredor, chegamos esbaforidos à venda. A venda, àquela hora, ficava cheia de gente, que passava por lá, comprava alguma coisinha e dava um dedo de prosa antes de ir pra casa dormir. Gritamos tão assustados que todo o mundo foi ver o que podia ser. Vovô Herculano chegou na frente, querendo decifrar o mistério.

Sem conseguir falar direito, apontei, mostrando.

— Que que foi? – indagou vovô, sem entender.

— Ali! Na janela... A carona! – apontei, apavorado.

— Que carona, que nada, menino. É a Lua cheia, a mesma que você queria derrubar. Lembra?

O jeito tranquilo do vovô me fez sentir vergonha. Ele era sempre assim. Com sua voz calma, repetiu a frase que, na família, todos conheciam de cor: "Sabe, ninguém há de ser obrigado; nem a ser corajoso. Mas só tem uma coisa que espanta o medo: é o saber". Depois, virou pra nós e falou:

— É a Lua, gente! Ter medo dela pra quê?

Falou e foi saindo na frente, o povo atrás, voltando pra venda. Minha mãe ficou comigo e meu irmão. Como se conversasse com ela mesma, murmurou:

— Que é a Lua, é, qualquer um vê. Mas será que ela tá sozinha?

A pergunta botava dúvida na gente, nem bem o medo tinha ameaçado passar. E, com dúvida, como é que alguém vence o medo?

Nessa mesma noite um caçador tinha matado uma coruja. Com a coruja morta, orelhuda, enorme, pendurada pelos pés, parou pra tomar um trago e render assunto. Arrastava mala, dizia que não tinha medo de coisa nenhuma. "Nem deste nem do outro mundo. Se é que tem outro mundo, que ninguém voltou pra garantir". Contava vantagem, mas ficava preocupado toda vez que escutava piar a companheira da coruja morta, que o vinha seguindo o tempo todo, até pousar na Casa Velha.

Aí alguém disse:

— Coruja rasga mortalha, quando canta em riba duma casa, é morte certa...

— É, os antigo usava dizer mesmo, concordou outro.

Um terceiro emendou:

— Cê tava falando em mortalha, tem aquele ditado: "casamento e mortalha, no céu se talha".

— É, diz que o que Deus risca, o homem não tem ordem de cortar...

Nesse ponto a conversa esquentou, uns dizendo que o destino já vem traçado de nascença, outros preferindo viver a vida, deixar essas conversas pra lá...

Zé Dorinho, um dos presentes na venda, comprava ovo pra Mané Hilário, de Itapecerica. Sua mula era especial. O dono montado em cima, dois grandes balaios de taquara, saía em passo lerdo pelas fazendas, cada dia pra uma banda: Cachoeira, Inácio Caetano, Casa Queimada, Barra, Lameus, Sucupira, Gama, Espraiado, Caixa d'Água. Em cada lugar, um dedo de prosa, pausa pra descanso e troca de novidades. A dona da casa ia lá dentro, voltava com uma bandeja de café com biscoito de polvilho, broa de fubá, queijo fresco, ainda chorando, pão de queijo, às vezes banana prata, docinha, apanhada de vez, quase madurando. Depois da pausa e prosa, vinha a cuia cheia de ovos, que o Zé, jeitoso, colocava no balaio, entre camadas de capim. Pagava, agradecia os agrados, despedia, pegava a estrada de novo. Até a outra parada. Naquela vida de mascate, meio aciganado, Zé Dorinho fazia boas amizades, arranjava muito afilhado, ganhava presente, dava notícia de tudo. Contava caso como ninguém, pouca gente como ele pra empurrar um serão.

Aquela noite, impressionado com a história da coruja, a conversa destino e mortalha, falou que era preciso ter cuidado com mau agouro, que ninguém pode brincar com essas coisas. Pra espantar a cisma, foi bebendo seu São João da Barra, uma dose atrás da outra.

Ninguém se preocupou porque a mulinha queimada estava sempre de prontidão, sabia de cor o caminho. De dia carregava ovo, sem o menor galeio, chegava tudo inteiro. De noite, altas horas, levava o dono pra casa, mesmo tonto de muito conhaque, sem perigo nenhum. Ainda que ele ferrasse no sono, como tinha acontecido muitas vezes.

Tarde da noite, foram-se embora o caçador e Zé Dorinho. Meu pai fechou a venda, a gente foi dormir ainda escutando o pio agourento da coruja, que parecia acompanhar os dois, e lembrando da Lua caruda na janela da cozinha, pensando na conversa dos homens na venda, o medo do comprador de ovo.

De manhã cedo, a novidade: a mula tinha caído, quebrou muito ovo. Zé Dorinho diz que caiu por cima do pescoço, com certeza morreu na hora. Foi o que contaram, nem bem o dia amanhecido. E o pior é que tudo aconteceu numa casa mal-assombrada, em frente ao cemitério dos bexiguentos, onde o trem passava com as janelas fechadas, o povo sem respirar pra não pegar o mal.

O caso do Zé Dorinho aumentou a certeza de minha mãe a respeito dos poderes da Lua. Fiquei na dúvida se era a Lua ou a coruja. Até hoje não sei. Principalmente porque falaram que a culpa era da casa mal-assombrada, podendo ser também por causa do cemitério. E o destino? Existia, traçado na palma da mão, na alma do cristão, desde o principinho? Quem pode decifrar uma coisa dessas? Ele próprio, mesmo sem ter ciência? Se, conforme ensinava vovô Herculano, só o saber espanta o medo, como viver com ele de tocaia, misturado com a escuridão do desconhecido?

Obras de Olavo Romano publicadas pela Caravana

A cidade submersa
Antología Caravana Buenos Aires (em espanhol)
Casos de Minas
Café com prosa
Família Romano: memória, afeto, gratidão (coautor)
Meu compadre Jacaré
O homem que veio de longe
Os mundos daquele tempo
Prosa de mineiro
Tertúlias quixotescas (coautor)
Um presente para sempre

Este livro foi impresso na Help Book, em Araruama, em papel Cartão Triplex 250g/ m² para a capa e papel Pólen Soft 80g/ m² para o miolo, em 2022, ano em que a Bienal Mineira do Livro homegeia Olavo Romano, Editor Sênior da Caravana.